- HERGÉ -

LES AVENTURES DE TINTIN

L'AFFAIRE TOURNESOL

casterman

Les Aventures de TINTIN et MILOU
sont disponibles dans les langues suivantes :

allemand :	CARLSEN
alsacien :	CASTERMAN
anglais :	EGMONT
	LITTLE, BROWN & Co.
basque :	ELKAR
bengali :	ANANDA
bernois :	EMMENTALER DRUCK
breton :	AN HERE
catalan :	CASTERMAN
chinois :	CASTERMAN/CHINA CHILDREN PUBLISHING GROUP
cinghalais :	CASTERMAN
coréen :	CASTERMAN/SOL PUBLISHING
corse :	CASTERMAN
danois :	CARLSEN
espagnol :	CASTERMAN
espéranto :	ESPERANTIX/CASTERMAN
finlandais :	OTAVA
français :	CASTERMAN
gallo :	RUE DES SCRIBES
gaumais :	CASTERMAN
grec :	CASTERMAN
indonésien :	INDIRA
italien :	CASTERMAN
japonais :	FUKUINKAN
khmer :	CASTERMAN
latin :	ELI/CASTERMAN
luxembourgeois :	IMPRIMERIE SAINT-PAUL
néerlandais :	CASTERMAN
norvégien :	EGMONT
occitan :	CASTERMAN
picard tournaisien :	CASTERMAN
polonais :	CASTERMAN/TWOJ KOMIKS
portugais :	CASTERMAN
romanche :	LIGIA ROMONTSCHA
russe :	CASTERMAN
serbo-croate :	DECJE NOVINE
slovène :	UCILA
suédois :	BONNIER CARLSEN
thaï :	CASTERMAN
turc :	INKILAP PUBLISHING
tibétain :	CASTERMAN

www.casterman.com
www.tintin.com

L'AFFAIRE TOURNESOL

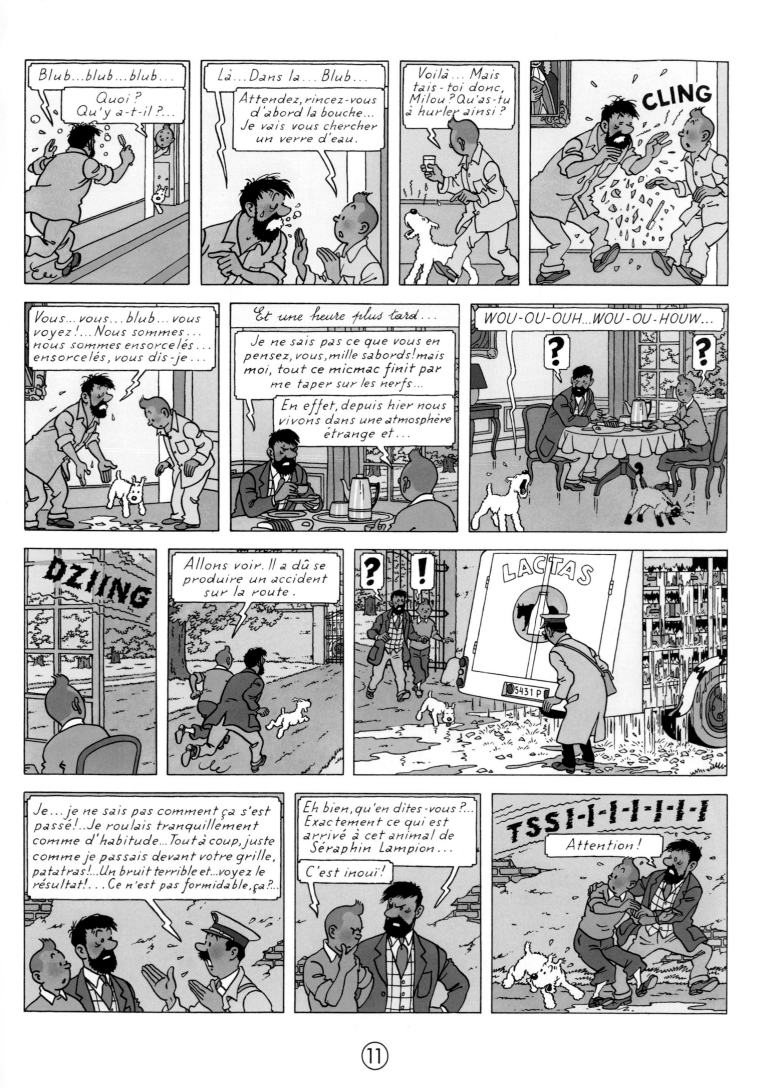

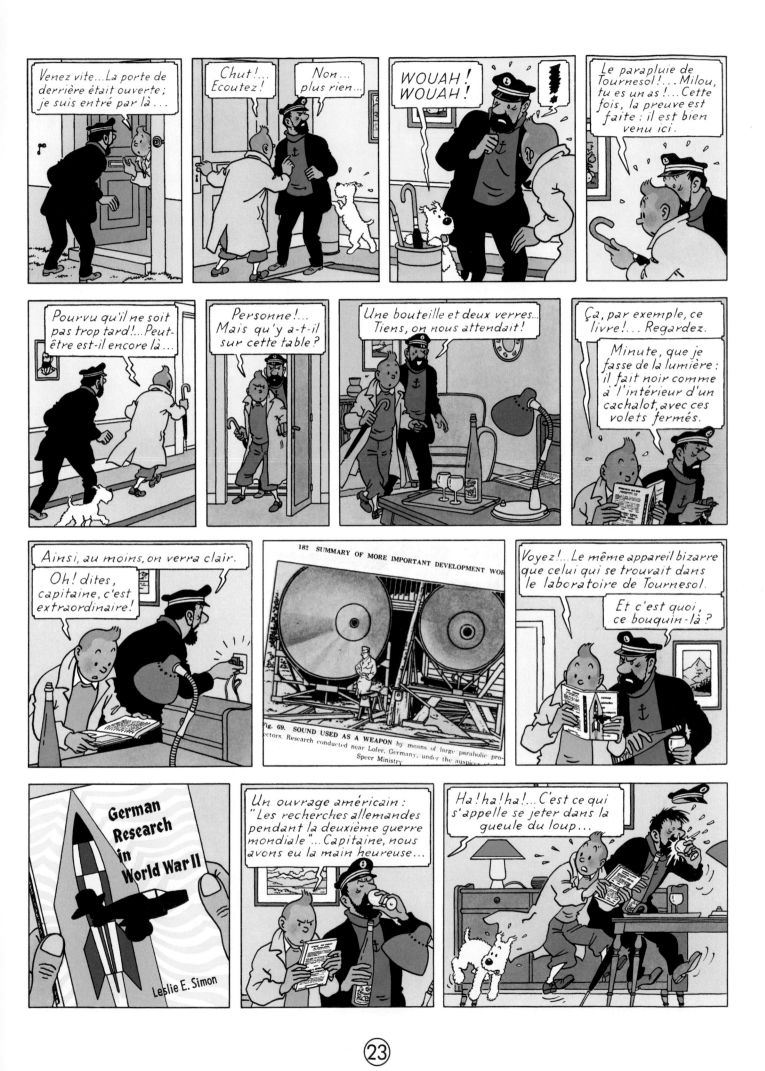

29

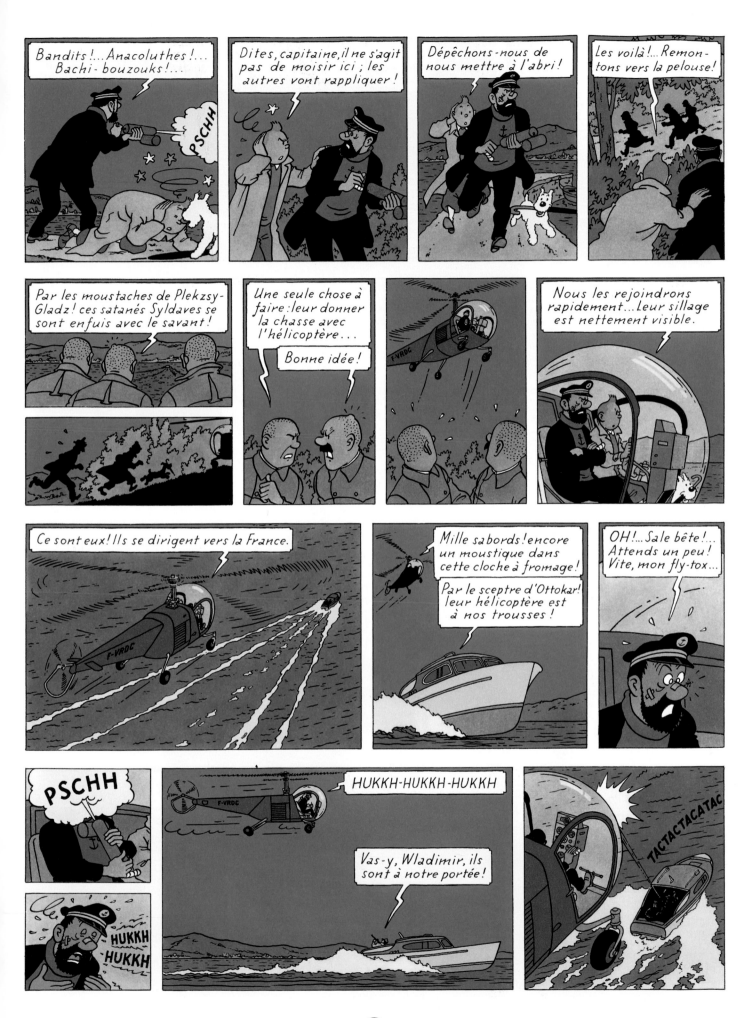

Extraordinaire!

Magnifique!

Formidable!

Du calme, Messieurs, du calme! Et surtout, de la patience!... La grande cité qui vient de se désintégrer littéralement sous vos yeux n'était, en attendant mieux...

...que cette maquette de verre et de porcelaine... Oui, je vois une vive déception se peindre sur vos visages : vous regrettez de n'avoir pas assisté à la destruction réelle d'une vraie ville!... Confiance, Messieurs!

Cette cité-miniature a été pulvérisée A DISTANCE par l'appareil que voici. C'est un appareil utilisant les ultra-sons. Jusqu'à nouvel ordre, il ne peut agir que sur le verre et la porcelaine...

Mais, dans un avenir proche, nous serons capables de briser A GRANDE DISTANCE non seulement le verre et la porcelaine, mais la brique, le béton, l'acier! Les plans de cette arme prodigieuse existent; c'est tout ce que je puis vous dire pour le moment... Quand notre heure sonnera...

...alors, les ennemis de la nation bordure seront frappés de terreur devant notre puissance dévastatrice...

Mon colonel, on vous demande au téléphone.

Allo? Ici le colonel Sponsz... Ah! c'est vous, Laszlo... Comment? Ils se sont éclipsés!!... Par les moustaches de Plekszy-Gladz! ce n'est pas possible!!

...On a perdu leurs traces dans les environs de l'Opéra?.. Ah! le quartier est cerné... Bon... Eh bien, dès que j'aurai fini ici, je ferai un saut jusqu'à l'Opéra pour me rendre compte des mesures prises. Et par la même occasion, j'irai écouter la Castafiore.

Une heure plus tard, à l'Opéra de Szohôd...

Capitaine!... Capitaine, réveillez-vous!... C'est l'entracte... Capitaine!...

Voyez-vous, c'est ici que nous sommes le plus en sécurité... Qui pourrait penser que nous avons cherché refuge en plein Opéra!

Mais oui, capitaine, c'est encore dans la foule qu'on a le plus de chances de passer inaperçus.

52